# 朝颜集

楚颜 著

中国文联出版社
http://www.clapnet.cn

图书在版编目（C I P）数据

朝颜集 / 楚颜著. -- 北京 : 中国文联出版社,
2021.10
ISBN 978-7-5190-4691-0

Ⅰ. ①朝… Ⅱ. ①楚… Ⅲ. ①诗词－作品集－中国－
当代 Ⅳ. ①I227

中国版本图书馆 CIP 数据核字(2021)第 217031 号

著　　者　楚　颜
责任编辑　王柏松　牛亚慧
责任校对　岳蓝峰
装帧设计　陈美兮

出版发行　中国文联出版社有限公司
社　　址　北京市朝阳区农展馆南里 10 号　　邮编　100125
电　　话　010-85923025（发行部）　010-85923091（总编室）
经　　销　全国新华书店等
印　　刷　山东麦德森文化传媒有限公司

开　　本　880 毫米×1230 毫米　1/32
印　　张　5.25　　插页　2
字　　数　105 千字
版　　次　2021 年 10 月第 1 版第 1 次印刷
定　　价　38.00 元

## 作者简介

楚颜，诗人、诗歌译者，1996年生于北京，祖籍湖北黄冈，毕业于墨尔本大学，现务企业文化研究推介，入选中华诗词学会第18届“青春诗会”10位青年诗人。受家学熏陶，喜作格律严整的古诗词，亦好现代诗创作暨翻译。其古体诗词风雅别裁，缘情而发，兴寄幽微；其译文风格追求情怀之信、语意之达、辞章之雅。

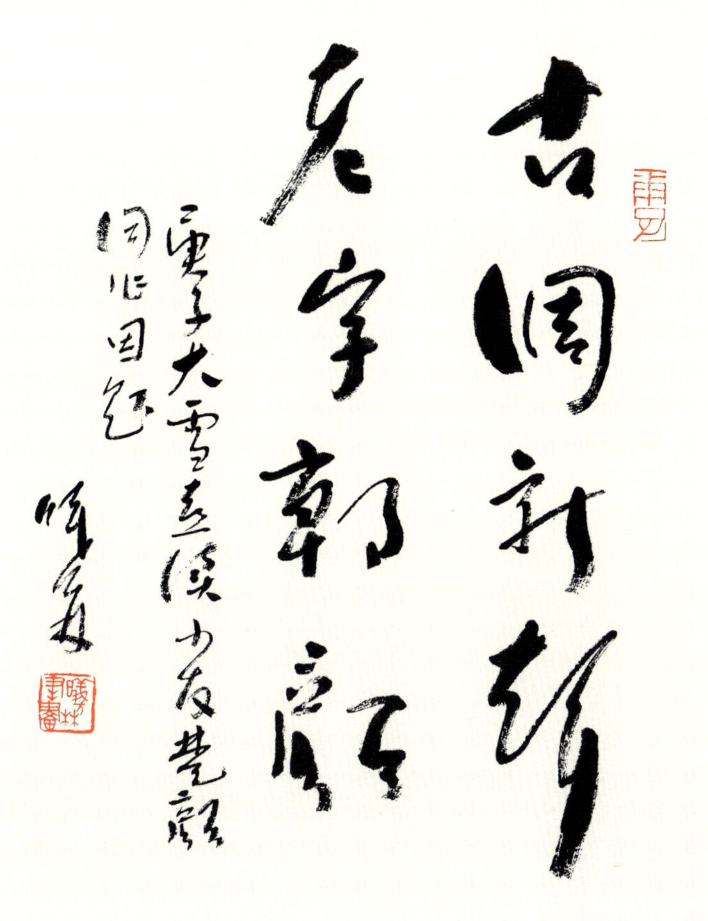

中国美术馆研究员刘曦林 题赠

# 万象皆宾客　相欢尽朝颜

——《朝颜集》自序

## 一、渊源与机缘

我在诗词上不算早熟，但幼承庭训。父母皆为北京大学中文系古典文献学子，毕业三十年来，对诗书家业克精克诚。他们对我的启蒙，却随缘适性，从不要求我几岁会背多少诗词，而是在茶余饭后吟诵古诗词文佳句，并抄录在家庭白板上，让我自然地对文言展开“第二语言习得”。

至于释义，他们或要言不烦，或心照不宣，相信赤子有慧根，从不作假小儿语对我刨根问底。我六岁时因为生活习惯屡错难改而自责，父亲便在白板上写下子贡的话："君子之过也，如日月之食焉。过也，人皆见之；更也，人皆仰之。"听了父亲简要的诵解，我便沉浸在日食月食的想象里，不再为琐屑之事懊恼，日后也能复述子贡这句话开导家人。

王羲之《笔势论》："始书之时，不可尽其形势，一遍正脚手，二遍少得形势，三遍微微似本，四遍加其遒润，五遍兼加抽拔。"回想我从初识文言走到原创诗词，未尝不是印证了相通的原理，不禁感恩父母对我的耐心如同运墨，笔笔送到而不求全责备。

中小学时期的我，一直为数理化疲于奔命。幸而由于文科基因，我并不排斥父母抽空为我开诗词小灶。诗词像是我生态圈里的牵牛花（又名朝颜），不曾张天蔽地，却以点画之姿维持着生态平衡。2012 年春节，父亲鼓励我作诗咏新春即景。我从小区里的野猫入手切题，在将满 16 岁之际，写下了人生第一首诗："黄章黑质步微摇，故故离驱相次邀。千代不逢壬辰岁，拟寻瑞色上眉髫。"

值得一提的是，我的笔名楚颜，便是我写下这首贺年诗不久后，母亲为我取的，表示"家乡古楚地，今我是新颜"。母亲在我最向往深度创作而无暇的年纪，用心回顾《楚辞》为我取笔名，实是深爱厚勉，而果然未来可期。

18岁那年，我妥理了留学墨尔本的准备，开启了自己的人生节奏和时区。出国前，我整暇通读了《红楼梦》，迷上了黛玉、湘云、宝钗们的诗才，径入海棠诗社，自拟了若干首螃蟹诗、菊花诗，还步韵湘云填了一首柳絮词：“子夜蟾光匀吐，蒸起梦中香雾。残月醒幽人，古柳空枝生妒。休住，休住，同我逍遥来去。”

楚颜这个笔名，终于有了生机。出国后，我与父母保持唱和。我常用五言、七言诗记录生活，墨尔本的咖啡、甜点、白夜节、大洋路，都在我的发挥下纷披古风。彼时的诗作，是朴素的拟古试验，惟新惟巧，不葺格律，却是弥足珍贵的善因，且传导了六年后一个更大的善因。

2020年初我放假时，新冠疫情暴发，迫于国内外疫情风险，我未能如期返回墨尔本，先办理了一段休学，后又申请了网课。在家避疫期间，我为了自定心神，决定增补传统文化知识，信手翻起了父亲的藏书。我见《唐宋名家词选》（龙榆生编著）

格外厚实，一读到底，便朝夕熏染，批画丛沓，夤缘词海，一如六年前神驰红楼。

不同的是，这次我成了坚定的格律派、古典派。或许是留学受过英文格律诗的写作训练，我开始享受戴镣起舞的感觉。当然，填词不是让格律役使文字，而是情动于中，不得不言，故将情语适配升华于律吕之间。

## 二、审思与运笔

《念奴娇•歧路》是我今年第一首格律词，以评论疫情时事为导向，愤而自启，悱而自发。从此顺水推舟，填词记录抗疫避疫生活所思，自得兴观群怨之妙。积以时日，我填词的主题愈来愈广泛，从时事感怀拓展到风景游记、读书体悟、师友唱酬、题画咏物，乃至代人主诉的虚构写作。

我在家一说“我要去搞一搞科研了”，父母便知道我要闭门填词了。填一首词，无论小令长调，花费的时间精力，少则不亚于拆解一道理科难题，多则相当于产出一份略无瑕疵的实验报告。究其步骤，简而言之，大致是依次调和三个要素——

灵感句，词牌，叙事结构。

灵感句，是我词兴既发，即刻闪现的句子。我的词兴一般呈点状发散，而不是线面状，所以灵感句一般不会超过三句，可能是一帧即景会心的实录，也可能是一波阐微发幽的意念。在修辞性和思想性上，我把灵感句照着成品警句的标准打磨。不过，我从不奢求填词句句源自霎时灵感，不请自来的句子透着性灵美，而屡邀方至的句子透着思辨美，万象皆宾客。

有了灵感句，便根据读词的经验，体察灵感句适合哪个词牌的格律和声情。查阅词牌格律时，我一直参考《唐宋词格律》（龙榆生著），选韵则参考书末的《词韵简编》。评估词牌的声调情绪时，《读词常识》（夏承焘、吴熊和著）中对宫调的综述枚举，以及《词学十讲》（龙榆生著）论述句长、韵位与表情关系的章节，是我时常回顾的资料。选韵我多以灵感句的最后一字为准，但也会在整体倚声的过程中灵活变通。

灵感句入词后，我会构想一个核心叙事结构，将该词其他句的叙事功能安排好，然后展开对意象的联想和组合，逐句依平仄格律填出，是为前文所谓整体倚声。而所谓叙事结构，即把预定的主旨拆分成以句为单位的叙事单元，拆分的标准可以是时间发展、比兴序列或平行用典等。

当然，这个“三要素归纳法”有失抽象，我的作品里也有一挥而就的特例。我想自证的是，灵感句可以是偶然的产物，但整体倚声的成果，必须经得起精确思维的核算，必须看得出尾首相衔、似断而连或遥相激射的关节。至于如何在直寻与苦索之间臻于平衡，我想“惯听禽声浑可谱，饱观鱼阵已能排”庶可状之。

在方法论之余，我想补谈两点心得。

第一，选词牌不必次次恪守曲调成规，这一点有宋以来的文人士大夫词亦有印证。我们如今的国运，比之封建时代及20世纪大部，幸运的事、能克服的事远多于无解的疾苦。就我个人而言，我的生活和心思都比较顺遂单纯，除却怀古，并无许多激切或低抑的情绪要写。难道今人的写心之词，一定要被《沁园春》之类的词牌垄断，即依附于极少数声情开朗的词牌吗？

我认为不是的。有时我们对句长、节奏的需求，可以适当地独立于声情之外，对所需词牌另行评估。例如我的《相见欢·通勤漫兴》，声情是清悦的，选用的词牌却是凄恻的《相见欢》。众所周知，李重光的《相见欢》用三言短句“胭脂泪，相留醉，几时重”陡振悲势，又用九言长句“自是人生长恨水长东”引吭当哭。我也有目的地利用了《相见欢》长短相形、高下相倾的句式，但我在声情上作了创造性背离。

我赋予九言句的功能是，用长句的延展性，来体现某个纡徐的、耐人回味的过程，“云里飞车襟袖漱晨风”体现了轻快清爽的车程，“一日远游千古坐如钟”体现了清坐诵古文的日程，都是清悦情调的组成部分。三言句过片“清斋案，疏茶饭，老诗丛”也为振起语势，但并不转悲，而是转换叙事地点，和上阕的清风云袖一脉相连，在清欢中更添岁月温厚的质感。

第二，我想谈谈题记的作用。我喜欢用词前题记的形式，交代词的缘起情由，或引出词的发散含义。写题记，一定程度上是为了自证言之有物，以避“空想复古主义”之嫌。我认为今人作旧体诗词，颇宜在寓新鲜事物于古意的作品前写题记，补志古不达今的创作背景，激励自己与古为新。

同时，我会力求词本身致密自洽，在读者不看题记的情况下，也能获得完整的审美体验，自由无碍地玩索词的言外之意。诚然，我还是希望通过一些题记，向读者展示内心。我不希望我的词是一座空中楼阁，只有知音同好才能会意；我希望我的词是一间客厅，任何通过题记了解词之心源的读者，都能产生或多或少的共鸣。我想请所有遇见这本词集的朋友，都到我的“客厅”来坐坐，谈天亦可，品茗亦可，默坐看浮尘亦可。

## 三、择贤与自许

承蒙诗词界有为长者和父母的砥砺，我拜读了一些堪称雅正的词论家作品，使我在认识、实践词之为体的路上，不必从零起步，而是从“聆”开始，我深感荣幸。学词以来，我总结了三个辩证统一的关系，我想用我的阶段性思考成果，来结束这篇自序，希望能对前辈同仁的倾囊相授有所反馈，并与和我一样在思考这些问题的朋友有所交换。

第一，复古与创新。有工于新诗的朋友问我，你觉得词有可能填得和古人一样好吗？我的答案是有。也有工于旧体诗词的朋友提醒我，无论我们怎么写，古人一定完胜我们。我赞同一切崇敬古贤、谦冲自牧的动机，但我不赞同割裂地看待今人和古人的旧体作品，不赞同今人在古人面前形成任何“讨好型人格”。

今和古是相对的时间概念，不宜将其意识形态化。任何时代都有“人心不古”的成分，也都有“不信今时无古贤”的希望。古往今来的文学大成者，都曾用一己之心斋，搏击一个时代的心障——我填词有时征典于古书，就是为了感染这种成熟的心性，进而培养超诣的表达习惯。

一代词人有一代词人的使命，我们不需要复制古人的人格，也不需要在今时今世构建一个仿唐仿宋。我想追求的，是用古调写出自己的生命节律，证明我所生活的时代，还有许多温美刚毅的世风，值得被古风继续书写；还有许多看似寻常的奇景，古人尚未曲尽其妙。

我们享有比古人丰盛的社会资源和文脉资料，这使得我们既能做朝圣者，又能做探险家。填完《八声甘州·北斗》后我体会到，信息技术极大丰富的当代生活，能反哺旧体诗词的主题内容。填完《水龙吟·茶烟》后我体会到，白话文学里的意象，能扩展旧体诗词的比兴范畴。“红杏枝头春意闹”之“闹”字境界全出（王国维《人间词话》），是语素层级的创新，而当代生活的语料库，着实可供我们姹紫嫣红地“闹”一“闹”。

第二，自然与雕饰。词是古曲的歌词，先有曲后有词，古人填词入曲，而非谱曲入词。如果把失传的古曲比作史前生物，那么词学家统计出来的平仄格律，就是一块块骨骼化石。守律填词，则是按化石索骥，而常被道不同者讥为“要雕饰不要自然，舍本逐末”，在此我想尽一点绵力，化谤为和。

将灵感句按平仄格律调试，或直接由平仄格律成句，若以词之起源（填词入曲）为自然，是再自然不过的。通过同义改写调节平仄，是对语言表达可能性的一种探究方法，是把斟酌下字的过程，从潜意识变为可视化程序。而索句和斟字，是古今诗词文章都要面对和落实的，也是再自然不过的。再者，如果平仄屡调不协，自然的补救方式是更换词牌，而不是破律求意，或迂守害意。

“自然与雕饰”这对概念，不宜同“流畅与滞涩”混淆，前者关乎来历，后者关乎效果。只要效果是填得一首气脉通顺的词，那么无须计较它的来历是千锤百炼，还是一锤定音。“意常则造语贵新，语常则倒换须奇，一调之中，句句琢炼，语语自然，积以成章，自无疵病矣”（吴梅《词学通论》），可见自然与雕饰应当作为两种词品齐头并进，应在词的发语、构篇之间均衡分配。故而无须把自然与雕饰狭隘地解作守律与否，更无须作二元对立观。

那么，守律就是绝对正统，不守律就是离经叛道吗？我认为，格律是一个统计量，守律是一种信仰——统计量是有标准差的，信仰是自由的。我守的是龙榆生先生统计的格律，你守的是王力先生统计的格律，只要我们的依据同受学术界认可，填词同出于正心诚意，我们的成果就都值得肯定，“晚节渐于诗律细”便好，不必对标准差锱铢必较。

我们有守律的自由，别人也有不守律的自由。只要他们没有自诩为古典传统，而是明确自别于格律派，比如自立为“拟古诗词”一派，那么我们大可不必一看到形似律不似的诗词，就大呼偭规错矩。诗词源于格律而高于格律，我们要尊重不同流派的作者，用境界、性灵等终极价值去衡量诗词。

第三，博采与专研。六年前父亲与我讨论大学专业选择时说，“博众学以怡情，专一术以养生”，如今自词学而观之亦不谬。词论里异曲同工的说法，有“初当读选本，以博其趣；继乃读专集，以精其诣”（唐圭璋《词学探微》），将博采百家和专研一家的内涵说透了。

我认为学词的博和专，要因时制宜，自取不时之需。读选本时，我的需求是温习词的语码体系，观察化用典故成句的体例，阅读体验近乎“乾坤展清眺，万景若相借”。读专集时，我的需求是优化个人词风、充实个人词格和主题多样性，体验则近乎“引入沧浪鱼得计，展成辽阔鹤能言”。在博专交替之间，词和词论的阅读量与日俱增，就会明鉴词史留名者各有千古，既有的知识面会一层层地“去脸谱化”——豪放派词人也可以绰约灵妙，娴于游词者也可能登楼浩叹。

填词虽然有严苛的语码样本空间，不像新诗散文可以随心为辞、不惧尖新之谤，但我们也需要万取一收地对待当今的文化材料，这是以博治词的一个外延。为了言辞的诚恳和准确，填《满江红·东方白》前，我补习了一册中共党史；填《木兰花慢·观京剧〈拾玉镯〉》前，我在网上重看了该剧目，以加深之前现场听剧留下的印象，准确提炼设喻片段。

成品词固然不逾古矩，但填词时的心理活动，却是由这些非诗非词的现当代诱因主导的，成词的神韵定会有别于纯古风主题，就像将古典音乐的半音再分为半，便成了现代微分音音乐一样。

我这一年来看似专务填词，但我偶尔也换换口味，作新诗翻译。刚迷上填词时，父亲要求我保持英文阅读写作量，我笑嗔“今年能不能光填词？”，父亲说你既然能双翼齐飞，就不要废退任何一翼的机能。于是我仍抽时间浸读莎士比亚十四行诗，竟也邂逅了一次出乎意料的词兴——

教师节之际，我填了三首词，分别题赠留学期间对我影响最大的三位老师。是莎翁的诗让我顿忆在大学课堂上写诗文、做练习的时光，是莎翁的诗境，滉漾出了我词中的某些意象。例如我的“茫焰”“流金”，难说不与莎翁诗中的轻风与净火(slight air and purging fire)、被炼为金水的暗溪(gilding pale streams with heavenly alchemy）相关。我从未想过可以用这种神融笔畅的方式，来遥想当年和恩师们在一起的寸阴寸金，感谢父亲的先见之明。

叶嘉莹先生曾说，把英文诗和中国的旧诗都学好，中华的诗词就后继有人了（《人间词话七讲》）。或许她的用意便是，读英文诗能提高我们的语码转换能力，从而给当代旧体诗词的语码空间扩容。

谨以这篇自序，启行我诗词人生的序章，并自勉早日为天地立下一颗文心。祝愿祖国景福绵延，诗词经世弥新，贤友平安喜乐。

楚　颜

2020 年 11 月于北京

# 目录

# 调啸令·突骑

时疫，时疫，历乱风云旦夕。

新冠突骑戎兵，桃符失守后庭。

庭后，庭后，雨计无穷更漏。

# 调啸令·雷厉

时疫，时疫，巷战何甘折戟。
新冠值火成灰，烽烟应候厉雷。
雷厉，雷厉，无处风声鹤唳。

---

记火神山医院、雷神山医院竣工。

# 水龙吟·柳花

柳花何日重飞？楚天月涌流星坠。
霏微雨雪，廿年又至，凄迷情思。
旧雨潜移，新云偷渡，梨门深闭。
待夭桃过尽，垂杨苍郁，柳花漫，熏风起。

不恨天违人愿，恨人心、易零难缀。
蜂团蝶阵，晴丝空挽，芸芸声碎。
芳草无凭，春泥不顾，黄尘清水。
但终朝独舞，悠悠莫往，杏林挥泪。

---

步韵苏东坡《水龙吟》“似花还似非花”，借柳絮之景，伤疫情之春，兼恨舆论场上小言詹詹，纷扰抗疫人心。

# 行香子·东风雪

雪暗层云，霜渺孤钟，叹神州、何去何从。
销凝欲解，惟欠东风。
任惺忪诗，惺忪梦，说喁喁。

絮花展卷，萤火空蒙，净长天、冰霰如蓬。
人间素缕，四季天工。
竟忽而春，忽而夏，忽而冬。

# 渔家傲·时疫闲户

漏雨修修排惴惧，艾痕满地燃松炬。
何事此身勤惜护？愚且鲁，长歌短调连朝暮。

葭管萧条灰落土，门枢寂历听虫蠹。
霜锁樱兰花信住。春不负，鹃啼孤馆斜阳树。

---

愚鲁无灾，已不仅是父母之爱的心念；孤馆春寒，已不仅是羁旅之人的禁锢。时疫闭千门，春光如期奈若何。

# 念奴娇·歧路

疫时怀古，走街巷、闻道诗情空臆。
皓月临川，骚客仰、天下浑然一域。
感念东洋，咨嗟北美，雨雪严相逼。
江山丘壑，望中歧路如织。

---

我国疫情初期，日本汉语水平考试事务所捐赠医疗物资，包装上书“山川异域，风月同天”，引起国人热议。其中不乏类似的谬论：只有日本人记着中国古汉语，中国人则忘光了，只会喊加油。我认为，这是在走崇洋媚外的歧路。部分舆论之所以朝这个方向发酵，是因为国人文化不自信、不自知。对着汉字大搞外族崇拜和文脉分裂，此风不啻我在词中所谓“咬文涎墨”。日本汉字可谓全然根植于中华大地，即便“山川异域，风月同天”系日本友人原创，也是巨源一流、沧海一粟。况且这八个字的发端——日本汉语水平考试事务所，能否代表日本国民平均汉语表达能力，以及其在日华人主事者的占比，我想不言而喻。我相信，假若是我国给日本的援助包裹上，也会印有毫不逊色于这八个字的汉语。因为我们的文化值得自重，也值得被敬重。文豪如夏目漱石先生，尚且多次在小说里引用中国古典文献，礼唐宾宋。例如《我是猫》引用释广闻绝句“三更月下入无何”，借以阐述忘却自我意识的道理。让“山川异域，风月同天”再多带给我们一点启示吧——月色慨而慷，行吟无疆，让我们不拘一国一域，但逐圆满月华。不要挑起彼我之争，而是勠力同心为疫情祈福，非悲悯勿言。

空谷早有回音，看泠泠漱石，唐贤消息。

月下三更，无我境、能解身心迷惑。

别有狂人，持寻常议论，咬文涎墨。

君应明理，九州根脉无极。

# 菩萨蛮·时疫读书

世人都晓莲花美，池渠引遍邻家水。
江水自长流，井边零露稠。

格言胸内酒，块垒思存否？
读破一床书，参差檐上趋。

# 水调歌头·荒园

杜宇泣光景，啼彻晚霞天。
又逢枯木如洗，今世几荒年？
到处刀耕火种，鲜有犁牛佩铁，掘地野根寒。
芦苇日盈尺，棚屋两三间。

星火起，人戴月，瓮中眠。
尘灰缭绕，犹恨弦月不清圆。
借汝桂华满室，填我千村荆杞，此计可周全？
月笑人痴语，疏影自娟娟。

---

苏东坡《水调歌头》云“人有悲欢离合，月有阴晴圆缺，此事古难全”，而离合、圆缺之外，定还有无尽难全之事。全球大疫，是人类辛苦遭逢的灾凶，而人之懦弱无能、自欺欺人尤为可悲。故步韵东坡词，作此一则荒村痴人对月的故事。

## 清平乐·读杜诗辛词

江山逆旅，下笔成行伍。
青史丈夫空自许，白发依稀金缕。

杜辛风格堪俦，双帆搏浪腾舟。
一睹澄江满月，不知沙渚银钩。

# 鹧鸪天·惜英雄

天末山河裂隙长，大风歌罢累千觞。
断无顾后瞻前意，敢作单车独骑狂。

身老病，魄锋芒，杖藜如剑笔如枪。
床头夜夜生冰碛，铁马金戈入梦凉。

# 行香子·春望

冰雨蒙潭，弱柳毵毵，浸春寒、袅袅衣衫。
飞花二月，雪砌江南。
念浦风青，山风绿，海风蓝。

绀云薄暮，微光虚室，羡芳邻、古调今谙。
且将万籁，一并量参。
有钟声远，琴声慢，漏声恬。

## 蝶恋花·寒蝉

落木飘摇风雨逆。珍重离歌，难举抽纱翼。
缟袂流黄空泪迹，梦回独念伤心碧。

初雪低枝秋褪色。旷宇澄鲜，涤荡秋声恻。
衰草蝉衣凝琥珀，时闻枝上冰泉涩。

# 卜算子·惜梅

中酒理疏梅，掠眼霜天晓。
可惜嫣红血色多，孑立东风扫。

傲雪未展眉，故比春先老。
不羡高枝逆势花，愿做青青草。

母亲写诗绘画，擒住灵感苦耕，无暇自顾眼力体力，双眼疲态常似梅花不胜东风。作此词劝母亲将息，勿要把眼睛变成“酒渍梅”才罢休。

# 卜算子·闰日问梅

庭宇问青梅，也肯开红萼？
窃往冬梢补一朝，可与冬相乐？

此友借良辰，暗许千金诺。
感我凌寒侧柏心，报以青璎珞。

# 卜算子·杯中物

簌簌浊醪倾，蘸得风间月。
泾渭浑然不判明，亦可溶吾骨。

身后岁寒名，固若危峰雪。
暂伴灵均一霎吟，且进杯中物。

---

辛稼轩有卜算子词一组，结句皆为“且进杯中物”，发世事浊乱之叹。和之，拟寂寞英雄饮酒所思。

# 鹧鸪天·尚古

不为今诗罢古题，但因古码似琴棋。
修平缮仄弦依轴，运句行章子进围。

思有力，学如仪，千图万曲业咸熙。
高山偃仰浑忘止，流水随人避野蹊。

# 小重山·鹤归

鹤立长亭远望西。山形如玉玦，间春溪。
凭虚直下碧琉璃。波纹静，素影照青眉。

衔水黯天垂，妆容云墨色，恍惊飞。
幽人三唱隔空诗。当归也，苔晕动烟霏。

---

读苏东坡《放鹤亭记》，尤爱文末山人所作放鹤招鹤之歌。全歌点染鹤之灵姿，笃信鹤能领会“西山不可以久留”之忠告，而未言明其因。山人爱鹤，葆其隐逸之纯良，毋使陷于西山缺处阴晴不定之异氛耶？此歌不知是否为东坡兴至自作，而东坡与鹤、与山人，在仙歌中浑然一体。此词拟为东坡补足仙鹤流连西山之情由。

# 忆江南·极目

车马乱，尘辙绕荒台。
病树离披荆似铁，危墙环堵砾成堆。
堕瓦一声悲。

登台望，城郭隐山围。
日暖溟鱼浮弱水，天高野鹤宿柴扉。
极目任游洄。

---

读苏东坡《超然台记》，遂感物无大小，唯君子能成其大而扬其微；事无美恶，唯君子能彰其美而易其俗。相与登览，是东坡“超然”概念的幽趣所在。设若囿居台内，不眺彼山之君子，不引醽酒之朋侣，纵博一超然台之名，亦不尽物外逸兴也。

# 卜算子·棋雨

仙者欲敲棋，薄汗淙淙滴。
拓局深思破丈霾，雨过青天辟。

朝露也烘晴，朋侣还相惜。
障目风烟一洗空，对坐林间弈。

# 一剪梅·早春小雨

俯瞰人间绿称红，不忍冰封，云水温融。
簪花晓露觅芳踪，草际沾虫，叶隙濡蜂。

次第携来春意浓，一度垂虹，二度晴空。
婉随游絮扑帘栊，迎面凉风，背面熏风。

# 更漏子·红水晶杯

水晶鱼，鳞赤影，更着樱桃圆柄。
星淡处，玉帘人，杯光侵月轮。

鲛绡短，锦书满，独酌不知深浅。
低眉饮，酒香蒸，一泓秋水暝。

---

家有酒红色水晶杯，半透明，杯纹似鱼鳞，杯柄圆如樱桃。

# 浣溪沙·塞上春望

风动萧关唱采薇，声声摇落驿边梅。笛中日暮角先催。

云外孤峰伤远目，车前密雨纫斜晖。浅斟流潦作新醅。

# 菩萨蛮·惜英雄

日烧田涸桑麻冗，孑然蓑影怀倥偬。

佳气那堪无，邀儿温史书。

千年枯墨老，浴血盐车沼。

伏枥也闻鸡，露光涔铁衣。

# 太平时·致援鄂医疗队

旦夕驱驰地势坤，日曛曛。
一言鼎振十分筋，节如筠。

四海期程临别缔，溢悲欣。
同胞联署凯旋文，用之尊。

# 南乡子·拟稼轩梦东坡（一）

何处复栖身？茅舍轰然堕黑尘。
徒手推松推不动，沾巾。杯酒浇松卧酹春。

苏子梦来邻，万里行舟尽海滨。
数盏新茶淋旧火，凝神。吟啸三声宜自珍。

---

此组词共六首，拟托辛稼轩视角，分别对其三位词坛前辈坦诉家国之恨、身心之痛。辛稼轩与苏东坡、李易安异代生存，未曾谋面，空留稼轩在词中追摹；与陆放翁仅在烈士暮年有过一面之缘，往还亦稀。彼四贤宿慧如此，无缘深交，我深以为词坛千古隐憾。遂赋词一组，拟合四贤词中风貌，别开叙事，聊为其垂宇之灵引路相见。

# 南乡子·拟稼轩梦东坡（二）

君病我嶙峋，共忆曾为饮酒人。
代酒拿来三百荔，生津。秋水婵娟座上宾。

临别意逡巡，众里如何语笑频。
一种风流谁得似，苏辛。空谷迢迢千岁椿。

# 临江仙·拟稼轩赠别易安

倦客同根逢驿路，销形华发纷纷。
转蓬金石惜耕耘。
野荒焚万册，字烬抵千军。

典业文功成血泪，锋芒犹在钗裙。
江湖再见莫生分。
试灯鸣我剑，踏雪定从君。

## 西江月·拟稼轩怀易安

了却一腔寥阔，重游灯火阑珊。
霎时风雨觅清欢，鸥鹭沉浮两岸。

散尽狂歌缃帙，归来痛饮瓢箪。
前尘幸得旅魂安，照我东窗忘返。

# 鹧鸪天·拟稼轩放翁同道行吟（一）

蜀道岧峣我亦峰，天梯石栈蒺藜宫。
八荒辗转寻金错，一举盘旋逐放翁。

人事改，苦心同，烟波历历有征鸿。
浮生不忘平戎策，留待云崖末路通。

## 鹧鸪天·拟稼轩放翁同道行吟（二）

夜梦催人还戍边，秋霜几缕冻茶烟。
苍颜白羽驰而没，少壮阑干拍已偏。

邦有道？岁衰残。山高水远赋危言。
杖藜何似吟鞭指，呼裂长空又一年。

# 减字木兰花·舍物感怀

箧箱狼藉，客里光阴铺地掷。
瘴雨蛮烟，冲注空城晓梦边。

何曾梦觉，慰语无情如捣药。
药到愁除，却自修篱更结庐。

---

疫情之下，网课应运而生，我决定留在北京家中，不再返回墨尔本，委托墨市朋友帮忙退房，丢弃房中全部家具物品。理性上，我自知此举能最大限度止损。然而，当朋友发来满地打好包的物品照片时，我十分痛惜——这便将自己在墨市学习生活多年的痕迹，突然决然地一笔勾销了。念兹在兹，无计执别，伤怀如梦，伫望梦觉。

# 鹧鸪天·觅诗

片羽凝光走剡溪，云抛雨散路皆宜。
何方小洞幽生藻，未必盘空语出奇。

无觅处，泛舟时，扬花风定碧丝垂。
一池萍碎苍柔橹，水上呢喃三百诗。

---

寻觅作诗的灵感，如访桃花源，最初的目的不一定是最终的归宿。沉下心来，捕捉每一分钟产生的细小灵感，让吉光片羽保持精微的模样，也许是作诗的最佳开端。

# 贺新郎·深心

吾本娇儿女。

幸家门、三分慈父，七分严母。

椿叶亭亭铺天地，萱草时甘时苦。

回首望、深心共睹。

秀木筛风春入室，去阶庭五味弥寰宇。

知此意，近无阻。

---

天下父母，慈严有别，一家之间亦有分工。其严者，相当于把真实的社交情态移植于家庭，看似不够和美，实则更为子女立身处世计长远，深心有加。我是家中独女，家庭教育一直遵行适宜的“父慈母严”模式。此词意在自省与严母相处之道。

璧环相倚和如许。
各凝姿、参商暂歇，质文明悟。
青玉何当玻璃滑，间或微瑕一缕。
正道是、交相济楚。
经世瑚琏须成器，对忠言未可张弓弩。
韬险躁，舍骄固。

# 鹧鸪天·寻春

绿蜡牵星照眼慵，含苞不识海棠红。
六年五度春潮逝，一别千番梨蕊浓。

情得得，笑匆匆，仰看唢呐缀梧桐。
思量南澳秋声紧，黏地槛花知几重？

# 减字木兰花·清明

清明时节，雨送芳思停雉堞。
晴鸟胶胶，一线风铃天际招。

水云离合，冷暖交加争问鸭。
小渚封苔，江阔兰舟何日来。

# 沁园春·全国哀悼日感怀

警笛穿空，划地悲风，肃立久之。
怅琢磨刀笔，不刊疾苦；希声钝痛，难尽追思。
乍起长城，遭逢毕竟，俄顷硝烟火炭飞。
齐生死，看白衣屏障，黑洞晴霓。

琼林道术崔嵬。积跬步连翻百丈溪。
甚雄师裂甲，春冰淬铁；征埃旷日，夏雨搴旗。
壮岁千钧，莫教舛误，一国功成万将归。
余言少，拜天骄常健，自祝休题。

---

2020 年 4 月 4 日，是全国哀悼日，志哀因新冠肺炎疫情牺牲的烈士和逝世的同胞。这一天也是我的生日，为自觉停止娱乐活动，我没有庆祝它，故云“自祝休题”。

## 鹧鸪天·隐者

向晚渔歌一网收，平生屐齿印丹丘。
红莲醒酒应如雪，白鸟披沙也作裘。

听缱绻，认风流，竹清松瘦响箜篌。
不辞小榭余音促，吹取山巅明月楼。

# 蝶恋花·填词久俯

背吕弯环成锈剑。欲挺还欹，俯写丛书簟。
为赋豪词亲涉险，截章刻句埋天堑。

楼外碧桃春冉冉。直缕芳姿，擎架红千点。
休说近来诗力减，息心寒食烟光淡。

# 念奴娇·学词

我期高古，谩从教、缝补囊中成物。
醉舞淋浪，浑不见、容膝徒然四壁。
绿绮挥松，溅溅洗耳，独坐萤窗雪。
当今无谱，炼思遥敬先杰。

求索依律牛刀，借游弓侠箭，词无虚发。
紫缙衣冠，人伟岸、野马空埃澌灭。
莫辨雌雄，醇醪同妙理，葛巾香发。
岩花垂霰，掌灯流照山月。

---

适见辛稼轩念奴娇“倘来轩冕”步韵苏东坡念奴娇“大江东去”，辛词警句亦厚，境界亦阔，不逊苏词。清朝词人谭献《复堂词话》有论:“东坡是衣冠伟人，稼轩则弓刀游侠”，而我正为又发现了一份“绅侠相和”的证据欣悦不已，不禁径自加入他们，略记学词甘苦。步韵步得好，便是步月登云、步屧寻幽，稼轩步韵东坡之谓也。我循声随后，则常自省，莫把步韵变成邯郸学步。

# 江城子·题樱桃草莓

春风取道荐盘杯，绛红依，浅红偎。
一簇非花，樱脸笑看莓。
却拟繁花洇润态，枝子瘦，果儿肥。

琐窗粉面定妆迟，出罗帷，露华滋。
不及邀人，檐下唤黄鹂。
各食九枚如不尽，能共汝，落朱棋。

---

题家母千黛画作《常爱深红复浅红》，上有数颗樱桃、草莓，柔红丰润，堆盘如相依偎。

# 西江月·题菠萝柠檬

茶褐清凉眉嫩，宫黄依约颦酸。
金乌小塔曳微澜，熔水落霞凝腕。

一卷排箫云集，数支埙笛纡盘。
丹唇试奏露涔涔，运入空青提按。

---

题家母千黛画作《复爱深黄与浅黄》，将其上菠萝、柠檬之色、形、味，以美人理妆、吹笛之意境为喻。

# 水调歌头·题空葡萄枝

犹记去年果，今赏紫枝空。
寓形光束鸿爪，报夏复经冬。
静对云窗开合，时引闲花落羽，纷沓老枝中。
多少绘春意，绕指覆杨绒。

---

家母千黛命我为其画作《犹记去年果，今赏紫枝空》题词，限以画名为首句，浑然水调歌头之格律。母亲和我皆爱品读汪曾祺先生小说，其《鉴赏家》有一细节，令我们百谈不厌——果贩叶三，因鉴赏力过人，和画家季匋民结为挚友，一次叶三评季匋民新作紫藤，称“紫藤里有风”，季匋民激赏叶三灵悟，遂题为“深院悄无人，风拂紫藤花乱”。我随即联想，葡萄枝和紫藤一样，都是氤氲着紫色的藤蔓，那么干枯的紫葡萄枝里有没有风呢？我想，有四季之风，还有画者腕下的风。

旧萝蔓，新珠玉，共玲珑。

知音有信，量酒裁墨画能工。

遒茂堪题逸兴，忽念匋民故友，藤内有虚风。

腕下张烟树，可以耀墙东。

# 贺新郎·代辛稼轩自诉

负手连环结。
记滩头、江心沙嘴，逝川明灭。
杖履加餐还止酒，赢得长年焦渴。
听陌上、流莺声滑。
解愠南风桃叶渡，趁幺弦化作弓刀割。
人坐断，曲收拨。

东窗昼梦空床笏。
旧家风、妖红不染，丈崖森发。
投老平莎沟垄地，岁晚还生瓜葛。
宁作我、行云回遏。
西北几曾援厩马，啖青刍久若西山蕨。
怀八表，凿池月。

# 十六字令·香

香。桂佩兰襟浣夜光。金樽月，对酒不凝妆。

附：陆正之《十六字令·香》

香。宝马雕鞍玉笛扬。吟鞭指，诗心画韵长。

---

在家我们唤母亲爱称“香香”。今年母亲生日，父亲提议，我和他各填一首十六字令为寿，限起首一字句为“香”。

# 水调歌头·记武汉开城

七十六天永，长啸盼长庚。
遥知烟锁江汉，来日雨初晴。
场圃连绵稻粟，驿站川流商旅，朗月映华灯。
今夜海容蔚，千里暗潮平。

渔歌子，黄钟律，汇银筝。
不愁霜瓦，清扫晨雪及时烹。
望断忡忡心眼，自处闲闲大智，万岁眄枯藤。
力透史书背，快上最高层。

# 长相思·游子吟

冰满篷，雪满篷，
拚却今宵滞砚浓，修书半纸空。

山有枫，陵有枫，
湛湛清江无始终，客心随分东。

# 浣溪沙·闺情（一）

烛影分红上翠钿，新诗却下暗红笺。啼乌不道使君安。

带月苔生人迹薄，穿松雪落水声煎。琵琶欲语剩三弦。

# 浣溪沙·闺情（二）

百合清芬可四时，纤瓶一列束倾欹。心心叶叶与眉齐。

烟草放晴应念我，缀红经雨为逢伊。几枝完璧到归期？

# 浣溪沙·闺情（三）

茜袖微明一帐灯，玉阶岚气正薰馨。墨梅临水点青萍。

信手折宣闻夜笛，整衣心字罥铜菱。好风来处簟波兴。

# 东坡引·英雄怨（一）

春幡情未足，檐铁喧横屋。
伤弓塞雁云屏触。
饮中三叠曲。饮中三叠曲。

楼船载月，遗音恨促。
渭流千山涨新绿，
东风四野沉霜竹。
山河盈寸幅。山河盈寸幅。

# 东坡引·英雄怨（二）

夜来云挂刹，寒梧井鸦轧。
孤灯对坐分罗帕。
月窗针线滑。月窗针线滑。

别来世路，水清人察。
一棹下、惊栖鹘。
海角不度遗书札。
胡笳吹十八。胡笳吹十八。

# 阮郎归·惜英雄

疏星榆火北山陲，云烟密似灰。
钓江孤叟倚闲池，不堪壮岁姿。

千尺浪，万人师，烈日销月旗。
如今平陆几沉移，抚篙望折枝。

# 贺新郎·荒野

陟彼荒山野。

更那堪、嵌岩表里，蝠旋鹰下。

寸步锥行开鸟道，万绪凌空擘画。

风乍起、根翻蓬挂。

冷眼玄黄非关土，揽心旌洞鉴穿墉者。

隔海叹，叠章写。

---

墨尔本租房合约到期，我已提前清空租房，房屋中介却多次无故延宕押金退还手续，并对租约依法终止语焉不详。我推测“敌情”：中介意欲吹毛求疵，拒不承认房已清空，以资继续非法收租，大发疫情财耶？我遂在合约截止日立刻发出租客声明，运用法律思维，文学表达，厘清权责，英汉兼施，缓声厉言。次日收到中介速复，书面保证不逾期收租。此词隐括《诗经》数语，象征此番始末经历、心智所得。

愁胡一去阴埃洒。
枉凝眸、废池夕露，旧亭残瓦。
明月清风从我看，此地填然物化。
吾亦有、庭燎测夜。
椽笔移山如謦组，信良御不问编绚价。
春事了，正维夏。

# 最高楼·春事

晴丝谢，微雨理桑蚕。蛮触不宜耽。
笑忘鹈鴂掇乌韭，且随莺燕摘黄柑。
绿杯深，深几许？四之三。

看日色、渐来春气稳，看雨色、渐来花信准。
萱树北，凯风南。
陌头恰恰归徐步，长门续续酿佳谈。
醉家慈，闲爱我，绣裙蓝。

# 更漏子·闺情

小呢喃，敲韵字，欹枕五更心事。
金穗薄，晓光苏，甘棠闻鹧鸪。

繁红阵，残红烬，豆蔻依依青鬓。
游丝梦，玉纤描，绿萝明日娇。

# 霜天晓角·寄友

高高河汉，立夏蝉声曼。
初度蔽窗阑角，月晕重、催弦管。

画屏金玉暖，遐心非我愿。
嘉荫柳绵凝碧，可盈掬、封书简。

---

北京疫情响应降级，有朋欲立时小聚，婉言谢之。非日久情疏，乃为良朋万安计。

# 好事近·题樱桃杨梅

宫碗靛花深，墙外雨帘空碧。
越女浣纱容倦，抹一轮嫣色。

樱桃枝末泛微须，料峭怕风力。
但见落梅无悔，是飘风怀橘。

---

联题家母千黛画作《樱桃也有杨梅色》《风雨落棋子，杨梅应无悔》。

# 谒金门·小满

醒春睡，千里海莹川媚。
宿鹭清歌呼雨霁，逐流云凤尾。

傍路飘然月季，探隙红绡匀缀。
春絮结成芳草地，储三秋活水。

# 河传·弹琴

千曲，张目，山驰水速，纵琴人独。
断无凝歇百余行，夜长，返循初乐章。

月垂十指烟光络，隐弦索，一瞥寒塘鹤。
却关情，暗自惊，谛听，合音双翅翎。

---

我业余爱好弹钢琴，喜弹节奏稍快、休止符较少的曲目，手指得似开屏无影。窗口鸟雀萦回，几番振翅而不去，庶与琴声谐振乎？

# 渔家傲·游园值太阳雨

风送纸鸢红日煦，跳鱼轻写池塘雨。
似白翻青荷叶露。千章树，火氛冰屑层吞吐。

词客纷纷林下语，征鸿热泪云头遇。
卷地沙痕君历数。宜稍住，栖迟两步回三步。

# 摸鱼儿·君子语

望君来、石声松韵，轩眉平目高爽。
嵚崎衣袖横刀立，持手力如吴榜。
君设想，益瞽者、赋能启沃文培壤。
目随心亮。更集结忧人，彻弹心曲，烟际渺余怆。

因遭闵，静处深思信仰。人间憎恨消长。
聪听明视而中节，百业不生嗔妄。
怀友谅，释冰雪、春风念念皆回响。
岁寒宿莽。对万栋层轩，雕甍薜荔，摇兀柏舟浪。

---

日前聚会，结识陶勇医生，其人英伟磊落，情怀慨然，多悲悯善念。概括其席上言谈，得此词。

# 太常引·逆旅

一程山水惯寒笳，逆旅一时家。
流景促单车。坐中辨、风云际涯。

长鲸吸海，狼烟亘漠，何处净胡沙。
犹有渡头花。伴来客、青旗酿茶。

---

读陶勇医生现代诗《旅行》，同感人生如旅，时有狂澜逆境，时有清欢确幸。诗歌的创作亦然，有时以沉郁为基调，奋发图志，砥砺德行；有时以审美为主旨，疗愈心灵，阐发感知。愿所有出没在风波里的生命，每一站的渡头都有芳草迎送、茶酒做伴。

# 鹊桥仙·乡情

池塘采藕，沙盆煮豆，蜜浸雪檐冰溜。
四时烟火郁红山，更绕指、荧荧丹蔻。

昔年执手，青云出岫，几度天风裁柳。
江湖秋水岂无痕，却道是、乡心如绣。

---

浠水乡贤胡海容女士的新作《此心安处》，是一部书写原乡回忆的散文集，笔触细敏，娓娓感人。海容阿姨是一个“云无心以出岫”的楚地女儿，笔耕育人，怀旧好古。她随写随见的荷塘莲藕、沙炒花生、儿时自制的糖水冰块、天然明艳的指甲花……都是原乡人心底的寸寸锦绣。在长大成人的过程中，它们被岁月织成一件针脚细密的“游子身上衣”，抵御着走南闯北的风浪。我不曾和海容阿姨一样在原乡出生长大，却能从她的文字中汲取共情，奋飞而知还。

# 唐多令·芒种

芃麦起横江，稻畦接短墙。
泽草柔、静蜕毫芒。
迤逦金波洄绿树，花幕落，见纱幢。

温雨系扶桑，菱歌润晚秧。
粒粒知、镰下行藏。
五月涤场天亦许，青梅酒，酹缥黄。

# 采桑子·怀屈原

湘江夏至狂澜积，炎气相仍。
九曲鸿冥，鸷鸟丹心苦沸腾。

离人蹈水寻初服，芳意何成。
碧血沧缨，万里沉荷送远征。

# 相见欢·通勤漫兴

每言修性随公，去樊笼。
云里飞车襟袖漱晨风。

清斋案，疏茶饭，老诗丛。
一日远游千古坐如钟。

---

暂无课业时，与父亲对坐办公室“通勤”半月余，如切如磋，自主训练精读古典文献的定力。其间读完《楚辞》笺注及半册《尔雅》译注，澄心快意，脱然畦封。

# 好事近·关塞

春律四维恒，碑石屡光星月。
边草疾风冰释，共春江溶泄。

燕兵走马落荒沙，秩秩角弓发。
瞭望古阴山外，有天山孤烈。

---

拟古边塞词，追念为边境冲突捐躯的烈士。界碑连绵，山外有山，烈风孤高，任重道远。感恩边境军士堪比“大地回春律，山川扫积阴”的功业。

# 渔歌子·渔女

秋醒鹅儿蹴浅沙，秋妆渔女沐蒹葭。
青珮蟹，绿珠虾，丝纶纵送不须槎。

---

烟波钓徒（张志和）五首《渔歌子》，结句皆含“不”字，尽言江湖渔父于时无忧、于地无求的萧闲意态。五首词用“不须”“不叹”等语横向排比，读来天高水阔，使我追慕渔舟生涯的大舍与大得。故倚其第一首之声，效仿句法，托志于五类主人公——渔女、醉翁、骚人、思妇、游子，试想碧水之滨、轻舟之上的他们情态如何。

# 渔歌子·醉翁

四面嵯峨一苇悬，醉翁携杖作鱼竿。
扬白练，叩青钱，周流画水不看山。

# 渔歌子·骚人

锦鲤翻波暮霭红，骚人留醉楚江风。
乘夜月，卧芙蓉，星船拂水不知东。

# 渔歌子·思妇

江上思君未抱琴，三声芦笛断平林。
涛似杵，岸如砧，丁宁白鸟不离心。

# 渔歌子·游子

春酒涵空热别肠，棹歌谣和举斜阳。
轻燕翅，细渔梁，千帆一色不思乡。

# 忆秦娥·宵征

西风揭，鹧鸪啼薄宵征月。
宵征月，古槐荫直，石棱霜洁。

津头肃肃诗书箧，分茶浥纸冰壶热。
冰壶热，空山人语，一朝听彻。

---

此词活用《诗经·召南·小星》意象：“嘒彼小星，三五在东。肃肃宵征，夙夜在公。”试写读书人的清豪怀抱。

# 浣溪沙·祈晴

但见南潮北作溪，春耕秧稻付洪泥。昏鸦晨祷不胜啼。

斑竹御风清泪少，连舻踏水楚天西。金衣六月振莎鸡。

---

今年小暑，浠水故乡及南方多地水患横行，身在北京，时时为灾区祈祷水止天晴、耕织复苏。想起苏东坡游故乡蕲水清泉寺，作浣溪沙“山下兰芽短浸溪”，上阕气如绘兰，下阕势如挽澜。谨步其韵，以期佑助故乡。

# 定风波·蓝图

世事多难一鉴茹，野塘排浪濯人裾。
竞上冈峦终雨霁，佳气，耘田不辍即蓝图。

跨马投鞭陈迹了，将晓，危楼紫电阵云舒。
向使今朝坚壁耸，珍重，青杉来日接天衢。

---

汹汹洪水，冲不毁人生蓝图。苍天能起风波，慧者能定风波。此词送给家乡今年的高考考生，祝他们如愿走向浠水、黄冈外面的大千世界。

# 浣溪沙·忆祖母

别圃相扶灌夏禾，炎光箬叶苦心多。穰穰烧粽簇青螺。

小憩犹闻千里艾，孤眠如枕半枝柯。鹤仙云鬓碎银河。

---

2015年端午，由墨尔本回浠水乡里探亲，我与祖母携手点检园蔬、漫话桑麻，于村舍小窗下口占一诗："神脉相持品清糯，粽叶舒展盛夏禾。海外遥寄身淬炼，故乡近情心焦灼。思量牍报韶光贵，小憩艾窗感念多。三角洲头环鸥鹭，涵泳诗书铭家国。"今观此诗不合古辙，而祖母仙逝已三年之久。故将彼时情境赋词重现，以寄追思。

# 满江红·东方白

炮利船坚，当只怕、济危明识。
曾记否、义呼云啸，席南卷北。
万目遥通南岭障，三军贯列岷山屐。
揾血汗、自誓国为灵，躯为客。

一统地，浑不拆。隳突事，从容敌。
况琵琶琴瑟，百年陈迹。
苍兕噤声关隘迴，黄沙堕地东方白。
笑西风、无赖簸红旗，今非昔。

---

步韵辛稼轩满江红“过眼溪山”。南宋半壁江山，为刀俎鱼肉；而今国家重器在手，足制侵凌。谨以此词致敬国之干城，仁义之师，兼怀百年往事。

# 八声甘州·北斗

对天罗地网数流年，冰檗与焚膏。
甚孤光廿载，华枝自满，斗转东杓。
地控逶迤如幔，天路起河桥。
斜轨中圆际，点点凌霄。

原子钟声再振，更临危修葺，巨擘亲劳。
重生民一诺，利器在纤毫。
看王师、横空持练，识微萌、云外阻山摇。
吾庐小，尚能瞻望，护月星潮。

---

晨起我试用北斗小程序，一键精确定位小区名称，并测定实时上空卫星数，甚奇之。查阅资料，了解了北斗系统二十年来的发展长跑，对祖国自行研发的卫星技术（倾斜地球同步轨道、地基增强系统、星间链路等）印象犹深。北斗的竣工，跨越了国际电信资源的截止线，延伸了国内发展需求的生命线，可谓“有所期诺，纤毫必偿；有所期约，时刻不易”。北斗系统广泛致用于国防、抗灾、基础设施等领域，北斗卫星群，便是天上无声的军阵卫营。

# 六州歌头·渡河

乱云扑朔，平地飐惊波。
天隐祸，沟道锁。
逆漩涡，滑田坡，万物生冰火。
抛津舸，轻财货，瞻岌峨。
寒风簸，雨如梭。
公竟渡河，樯橹黄沙涴，竹笠芒蓑。
今朝迟掌舵，后路必蹉跎。
棹走龙蛇，浪婆娑。

---

疫情能使我们从周遭识别出一类人，他们大难当头，小利障目，优柔寡断，贻误全局。因见龙榆生先生1933年作六州歌头，抒发“感愤无端，长歌当哭”之幽怀，用“歌”韵，恰有歌哭啸咏之范。故选用同一韵部，效其精神气质。此词专为造境，不依托个人经历。

忽旁人过，言相左。

趋险亘，滥消磨。

背负琐，难俱妥。

集瓢锅，娖绫罗。

物欲滋庸懦。尝其果，烂其柯。

痴梦破，骄矜挫，空巢窠。

但使同船，勿与之邻坐。勿动干戈。

小人如魑魅，任彼自疯魔。

踏水长歌。

# 沁园春·古北水镇旅兴

山透新松，水带平云，古意碧柔。
过廊桥三叠，青旗款款；空桑一室，蛩韵休休。
灯影浮天，星辉沉酒，如对千家夜底眸。
闲中好，趁疏藤醉月，素壁吟秋。

东曦盼上层楼。照北国连江宿雨收。
见横街石板，深纹历落；垂坊彩绢，结露绸缪。
枕席成诗，凭栏筑梦，自是云间第一流。
金风里，待长城尽染，霜叶从游。

# 小重山·古北水镇感怀

秋到长门秋草黄。白河留玉树，镜中乡。
画船扶醉起烟光。天水碧，曾染旧时裳。

驰道锦云张，无人收桂瓦，月华凉。
而今桂殿忽成行。双飞蝶，凝伫万年墙。

---

母亲六年前古北水镇留影，背景染坊布的花色，与今之所见截然不同，可知时时添换。忽忆20世纪北京城翻新，海量古建筑被夷为平地，遂感今昔更替之无奈。母亲喜爱水镇的复古主题，只可惜仓促新建，终乏古味。我劝道，可以算作对当年拆墙毁院的某种补偿吧。希望北京建筑的历史意蕴，在实用至上的未来绵延不绝，像一抹在秋气中化开的透绿。

# 渔家傲·相见

云母风潮埋浪浅，堪怜露重银河畔。
鹊驾空明萤火暗。秋声敛，云中心字书如面。

拟把鲛绡酬一见，江楼海月归程限。
冰雪交光终可恋。愁肠短，牵衣平野追星箭。

---

七夕当日，读词偶遇欧阳永叔《渔家傲》三首，皆赋七夕传说，用韵新巧别致，叙事流转清通。三首分写牛郎织女相见、相伴、别离景况，无一冗笔，有“语不欲犯，思不欲痴”之缜密风采。谨步韵其三首，试再阐七夕词新意。

# 渔家傲·相伴

隔水云阶窗欲卷，随风看取芙蓉面。
月下莲心尝采遍。眉峰浅，红妆散入梭棰线。

日日天机霞锦断，恩情莫诉琼楼殿。
儿女绕船灯蕊半。余生愿，七襄得似终朝见。

# 渔家傲·别离

此夜调笙千岁短，明漪偏照清商怨。
若许离愁宽一半，泠风转，归心欲度秋光卷。

迅羽寒涛盈顾眄，岁华已逐人间远。
玉烛摇摇箕斗满。金波乱，扁舟一去云山断。

# 生查子·流金

数目本无情，但爱君音好。
应收百日缘，试算余心表。

一夕语流金，能慰星霜饱。
前路且平衡，帆楣系兰草。

献给墨大预科会计老师 Sharyn 女士，隐括会计术语。2014 年我初到墨尔本，就读墨大一年预科，基础课繁多，尚在其中摸索自身专长。Sharyn 老师课上课下，谈吐充满舒徐的激情，亦师亦友。预科毕业前，她力赞我为学严谨，无论精修何种技能，必能实现自我价值。临别邮件里，我对 Sharyn 老师说，您不仅带我入了会计的门，还让我领悟，对专业方向的探索像一张“试算表”，如果没有一步致衡，那就且试且算且平衡；您给我打下的基础，使我的本科生活成了一笔“应收”，因为求知欲和上进心已经形成了“收入”，只需要时间去兑现。

# 青玉案·茫焰

春深课罢殷忧醒，语师者、垂门听。
薄雾林梢催晚杏。
三年朝露，繁英何待，子夜灯怜影。

师云茫焰从心定，入海鱼筌莫追省。
再放轻舟南极溟。
箫霜流竹，阅音空碧，叠嶂开丛径。

---

献给墨大管理会计老师Michael先生，纪念我2018年本科即将毕业时的一次课后长谈。我在会计与金融双专业的成绩名列前茅，但我逐渐将文科类的专业认定为我此生的志趣与激情，研究生阶段我想另起炉灶学文科了。在随心追梦的理想主义勇气之余，我很疑惑是否会因此在事业上不能适时地开花结果。课业答疑后，我稍稍流露了我的前程之惑，Michael老师便细心察觉，并临时坐下来倾听、疏导，以自身为人父母的经验，鼓励我坚持自己的深思熟虑，师者父母心可鉴。一些头绪，同是山叠着山似的，我站在山脚议论，看到的便是障碍；Michael老师站在山间慨谈，看到的便是路径。

# 西江月·星采

四顾冥迷星采，一身贯注毫端。
清词丽句扰人眠，月上天心未晚。

风细君来梳理，云深我自油然。
空枝排闼木生兰，倒影还如初见。

---

献给墨大写作老师Sally女士，2019年她任教的“非虚构写作”课程，是我在研究生专业——创意写作与出版编辑双专业——选修的第一门写作类课程。我们用整个学期打磨一篇2500字的原创作品，每次课除了随堂写作练习，就是两个多小时的圆桌研讨，分析名家名篇和同学作品的过程稿。写作专业除了我是留学生，其他学生都是英语母语者，他们的语言表达像“雄州雾列，俊采星驰”一样，张扬着炫目的流体力学。而我的发言特点，是不言则已，言必精妙，像电磁打点计时器上的精确散点。我的这些认识，并非作为当局者清醒的自我认知，而是源自Sally老师对我的反馈。她时常鼓舞着自我要求严厉的我，总是赞许我行文整体譬喻的巧妙运思。学期末，我的纪实散文《木兰》获得了满意的成绩，Sally老师对我说，带着花木兰在倒影中寻找真我的那份执着，你在写作中重新认识了属于旧日自己的模影零篇。

## 西江月·呈范诗银先生

时疫久遮华幔，今宵手把红芙。
浩歌长调意端如，丽则清刚不吐。

铿尔春风调瑟，泠然善若平居。
畅谈匪石有嘉书，诲我知新审故。

---

中华诗词学会常务副会长范诗银，长者风度真体内充。范老得知我喜读俞陛云先生所著《词境浅说》系列，欣然推荐陈匪石先生所著《宋词举》，且云此文风近彼，而分析更为细致。敬倚西江月之声致谢范老，略括数典，见贤思齐。

# 点绛唇·秋分风寒

梧叶筛晴，一梭晚日留余夏。
惠风临夜，屈指罗衣挂。

不解群冰，偏向眠眉洒。
秋烟下，苦吟无话，自尔观《风》《雅》。

# 水调歌头·桂

夏木忽将凛，时雨静莎蛩。
流黄瓦隙微月，桂子馥萦空。
任尔情疏迹远，淡伫幽山长水，影落七弦桐。
人籁失夷则，徽外写青葱。

一怀衿，双溪绿，数枝风。
凭谁秉烛，灯晕如醉耿相从。
试揽光华璧瑗，信手商音澄澈，徙倚悦秋容。
无韵秋声赋，涓滴此花中。

---

中秋将至，桂子浓时，人间团圆有此花为伴，幸事也。再读欧阳永叔《秋声赋》，始觉秋气并非全如七月夷则之律，肃杀盛物。秋之为状，尚有“其容清明，天高日晶”一面，秋季乐律之商声，则何尝不可如晴空冰柱般清透无伤？此词以桂花为景语，寄托人生常青、常清之愿心，以酬中秋佳节。

# 沁园春·学诗

着意寻诗，片叶归心，百竹蔚然。
纵奔星越畛，尚余光尾；泰风卷夜，仍护晴栏。
浩渺何其，鸾飞鹏举，不计长身壮影单。
凭云视，但松涛篁外，月涌舟边。

移船若走孤山。想迈迹苍根立地闲。
共沉沙起落，化生陵谷；悠波下澈，吐蕴芝兰。
谨葺蓬门，俟成金玉，虚罄融丘为探看。
晨钟悄，诉春华万顷，秋实三编。

# 西江月·梧丘

磴道或疑无路，吟边忽见琼楼。
闾阎深处立梧丘，羽扇丝丝碧透。

弄水小桃轻缓，横江泰华优游。
挐云心事寄旋流，未若两声知否。

# 虞美人·学词

推敲辙韵兼平仄，两手淋漓墨。
少年灵性总难深，纸上清谈新发不遗音。

苏辛气节层胸刻，我亦来鸣瑟。
为词劳力几分心，惟愿古风淳澹化于今。

# 浣溪沙·诗心

心底流觞曲水纹，轻杯浮动小园春。经行随处绿盈樽。

庭院风来妆柳色，幽窗雨过染苔痕。碧纱盏影玉粼粼。

诗人之心，仿佛印有流觞曲水的轨迹，每一杯春酒，绿遍每一寸心田。

# 清平乐·观矿石

青林岫满，落照丹霞晚。
二月闻樱苕霅暖，梦泽萋萋萍藓。

千秋万象铭镌，世途火演冰迁。
览物一窗之隔，送潮多少华年。

---

于墨尔本博物馆观矿石偶得之旧作，时年 18 岁。最喜一列橱窗中四枚水晶矿石，颇似晶雕版自然地貌模型，上阕四句分喻其主色调。苕霅即苕溪、霅溪，烟波钓徒隐居处。

# 浣溪沙·卧看春光

煦日光棱似草芽，淋漓生气护瓶花。一帘风暖透人家。

无力探春思远道，有情欹枕梦天涯。绿窗蜂子蹑明纱。

# 鹧鸪天·安之

夜露伤衣梦不休，此时负笈更无由。
闲庭唤取千行步，温酒消埋二月愁。

方宅里，隐几头，人间烟火气蒸馏。
书台苦雾排山尽，照壁春归遣汗牛。

---

恐疫情夜长梦多，我取消了返回海外求学的机票。既留之则安之，居家读书，强身健体，诗酒趁年华。盼望春归之时，万物苏息，即刻前往街角书店采购，再享汗牛充栋之乐。

# 定风波·呈诗友

侧坐如屏古训书，出云引蔓且徐图。
蝉噪非关秋月醒，轮静，石矶垒畔定何如？

夜渚淘沙帆下始，舟子，百重漩洑得宽余。
过尽容光知是岸，轩馆，锦苔绣地入平湖。

---

此词嵌入词友静如女士、杨帆先生、轩湖先生之名，以酬切磋琢磨之缘。

# 菩萨蛮·秋叶招雪

秋冰未合红砖道，循风步叶如穿棹。
稚子菊边啼，怕听风旋枝。

慈云秋解叶，漾片招初雪。
节景自纷纭，无声添路尘。

---

十月中旬某日散步，前方一树秋叶乍然摇落，一襁褓婴儿恰过此树下，惊极而哭。其母张臂护之，柔声抚慰道："下雪了，下雪了！"玩味此语诗意，得此词。

# 水龙吟・茶烟

漫言人走茶凉，人烟过却茶烟滞。
温汤爝火，泫然遗恨，劳生积沸。
重整肝肠，怀柔狭路，国无清事。
乍亭台易改，崇基澒洞，应难测，阴晴意。

倦目纵横泾渭。邈心期、岁寒三士。
枪旗自误，骏眉凝抑，正山荒置。
春种新橙，秋收何物？披霜残枳。
顾空堂密约，盖棺冰雪，是来生纸。

---

读老舍先生《茶馆》剧本后书愤，纪念王利发（茶馆老板）、常四爷（旗人菜商）、秦仲义（维新资本家）三位角色。三人生逢乱世，正心诚意，时抱侠胆，图存耻亡，毕生倾力于改良自己的活计事业。然而，他们最终被寒彻的国运、命运碾成了冻死骨。电影版《茶馆》在三人互撒纸钱后落幕了，人都走了，而那温水煮青蛙似的、煎熬了他们一辈子的茶汤，或许还没凉。

# 蝶恋花·天津行吟

吹面无凋宫样粉。绉幕纤歌，远绪层层近。

巷树偷来焦尾晕，一钩红叶悬翎稳。

羽化飞椽今古镇。舞榭依然，只是弦池泯。

歇指香凝何所恨，醉余试捻东坡引。

---

立冬时节，赴天津中国大戏院观看“和平杯”京剧票友邀请赛颁奖汇演，次日游览杨柳青古镇石家大院。大院一堂屋内设戏台，台下近百张空八仙椅团团围列。此景颇似一座空乐池，耐人寻象征意味。我联想到京剧艺术，乃至古诗词曲等，如今曲高和寡，许多昔日的座无虚席，曲终人散后但余一虚字耳。不过，这样的虚，也可象征“虚位以待”——会有稀而厚的知音，在每个时代重新入席。我不敢自诩为古典艺术的解人，但我心头跃动着“急并虚歇”（古“歇指调”声情）的节拍，切盼着能吸引到真正的解人，像抚捻古曲一样互诉心曲。

# 减字木兰花·观京剧武戏

灵旗念打，红漠围场金络马。
踏节清扬，浩取深收水一方。

竹西幂历，怀袖剑花明复入。
四野俄空，漫耳歌云阻旅风。

---

京剧的唱念做打，点化着台上毫厘之物。此次“和平杯”观剧印象，最深刻的是武生扮相，四面战旗簇插背后，未战时背向鹄立，便仍有一丝“尽日灵风不满旗”的清空，作战武打时则俨然“云舞翔翔，招摇灵旗”。西皮流水唱段，虽则遍场盈耳，并不乏人听觉，极富情节承载力，在京剧板式中堪为一脉活水，独当一方。

# 鹊桥仙·青青子衿

瑶琴慢理，明楼微仰，君子倾澜惠顾。
芳菲待始碧山隅，酝一脉、春风毫素。

观尘似镜，论心如笔，两意沛然云布。
小桃落落展彤霞，更暗眷、青阳四护。

# 阮郎归·兼味

小厨亭午翅肴添，娇儿频探帘。
嫩红新曲足腴酣，柠风吹海盐。

青芥爽，桂花纤，翼然情味兼。
盘飧犹有慧心潜，乡愁苦却甜。

---

我最喜食鸡翅，从小到大，母亲不断开发新鲜的做法：红曲米酒酿鸡翅、柠檬海盐鸡翅、蒜香芥末鸡翅、桂花蜜糖鸡翅……当我在家时，母亲的鸡翅佳肴代言了我的幸福，像桂花的纤纤清甜；当我离家时，它们代表了我的乡愁，像青芥的满口香辣。鸡翅是寻常食材，却因着母亲的巧手慧心，牵连了丰富的人情味，与杜工部所谓“盘飧市远无兼味”意趣不同。

# 采桑子·家父煲汤

诗翁暇日庖厨跃，调火烹汤。
四刻三尝，一瓮黄鸡十壁香。

娇儿元自谙鲜美，笑语称扬：
“厚味绵长，似饮涓涓液体粮。”

# 木兰花慢·观京剧《拾玉镯》

约坝瑢矩步，掇金谷，引晨鸡。
又软语噙弦，青葱翦纻，莲动如漪。
深闺，顾溱盼洧，骤长沟送月玉环遗。
将发将延唱晚，若挥若纳临歧。

依依，拂袖翩推，盈手梦，忽成迟。
故腕扑秋千，足扬舴艋，窃与平移。
无时，转庭桦背，讶侵阶老月惹良媒。
陌上花封准拟，但争一寸佳期。

# 卜算子·月坛银杏

醉叶不随园，醴色天街浴。
巧换韶光与赤松，俯仰寒林续。

镇日阁门红，展信宜题绿。
何事秋心礼白云，壁影联镶玉。

# 卜算子·粉黛乱子草

椋鸟近边城，骝草连波起。
谁念香车不忍巡，只作虚舟舣。

十日结烟罗，九日拈菰米。
短梦留心澌澌生，路远寒云紫。

---

今年秋于京畿初见粉黛乱子草。椋鸟有紫背者，故使之与“紫骝嘶冻草”相携，构建粉黛乱子草粉紫光晕的实境。该草似由微缩版菰米状的结籽连缀而成，远观粉彩明艳，近看则素色米苞而已，以平塑奇，造化神工。景区拍照时时有人察看，只许立于空地，不许深入草丛，我便“乘兴杳然迷出处，对君疑是泛虚舟”了。

## 清平乐·惜英雄

风昏云窄，鸿鹄惊相失。
待到奔雷过劲翮，空洒鸿毛如坼。

江山代有才人，哀梨抱璧无门。
长恨倾颓大厦，更怜杯水车薪。

---

英雄若生逢末世，纵然魂魄千古、重于泰山，其一身之死，则轻如鸿毛，壮志不能当世酬也。哀兵能争能抗，但并不能实施自身所预判的胜利，大厦腐朽于中而势将倾颓也。如果封建王朝的腐烂覆灭是大势所趋，末世英雄杯水车薪般的抗争疾呼，则更能触发我们的人文主义悲情。此词为岳鹏举、范致能、陆放翁、辛稼轩等作。

# 蝶恋花·题浮世绘

漠漠花容纱里细。隔帐书青，添了灯青意。
小楷斜笺何处寄，松针和雨平行纬。

涧谷凝筋愁久视。云气如椎，透尽人人字。
空海逢秋蓝摺退，一心火振浮光蔚。

---

联题数幅中国美术馆藏日本浮世绘：喜多川歌麿《隔帐看书》、歌川广重《近江八景·唐崎夜雨》及《近江八景·三井晚钟》、葛饰北斋《千绘之海·甲州火振》。

蓝摺绘，以蓝色为主色调的锦绘（以多色套印技术印制而成，色彩明丽、丰富如织锦）。火振，日本撒火祭神之仪式，点燃火把用力挥舞，以祈祷丰收。

# 钗头凤·溯流

沧波立，铜墙急，溯流长饮寒威泣。
潮纹皱，悲歌奏，击斜寒日，一春松寿。
救，救，救。

“罡风袭”，“无舟楫”，一波虚掷恒传十。
凉云后，春云骤，使君持节，镜天无寇。
斗，斗，斗。

---

为各路前线抗疫斗士助威而作，愿其无惧于人言，一如无惧于流毒，妙手回春，天人增寿。

# 钗头凤·友声

篱无蝶，枫无叶，雪垂中野诗盈睫。
秋山外，修兰茝，落帆阴密，晚晴风快。
待，待，待。

长亭雪，桥门月，玉痕容易灯花结。
观沧海，分青霭，高标深出，挽云行迈。
再，再，再。

---

中国美术馆“有容乃大——容庚捐赠展”一隅，有幻灯放映《各家致容庚信札》，鸿儒往还之盛集，如鸿雁来宾。解说文字云“志和者不以山海为远”，触目同慨。语出《抱朴子·博喻》，其余云“道乖者不以咫尺为近，故有跋涉而游集，亦或密迩而不接”。容庚先生与学养相当者一世交游，亦幸亦定。我今虽年少，当慎思之，一生相与友爱者，吾谁与归？

# 山花子·闺情

秋草长篱踏月深，上楼删竹到青襟。
整整诗囊牵荇带，几番针。

倦倚风斜悲欲雪，恒观月食静无吟。
垂手画栏微暖处，置冰心。

# 虞美人·雅集漫兴

中天暝色方颙望，月落乌衣巷。
片云无绪认朝昏，冻墨寸心徒旅倍思温。

侵街蓝幕风灯酽，诗酒谁家念。
一门怀抱羽觞清，后夜千松云起棹舟听。

---

杜工部句“片云头上黑，应是雨催诗”发语甚新。赴雅集途中的我，略似如此一朵云，诗意尚未生成，而笃定诗心将安。

# 绕佛阁·大德曰生

线榴素巧，红颔意恰，霜树相照。
蕉下丰草，自来暮雨扶风任枝峭。
蒂心又老，藤径迅驶，瓜熟音妙。
蓝淀文藻，暗随夜紫冬青倚舒皓。

净白尚难刻，蘸取罗兰清致窈。
还对卧云娇黄思议悄。
记冻土烟浓，沙带晴早。
水光初到。更缀染荷缘，分过梅杪。
影中闻、未名幽鸟。

---

联题刘曦林先生“大德曰生”精品展画意，上阕分赋《笑口常开》《蕉荫》《欢快的小丝瓜》，下阕分赋《紫气》《早晨好》《羡鸟清闲》。我自幼与刘老先生友邻，深知刘老作为一代书家、艺评高士，画呈辞采，墨含雅量。此次雅集展品，格调秀整清隽，岁华风物，萃萃可掇，密合“大德曰生”之懿范。

# 菩萨蛮·大雪无雪

半场寒日疏疏白，竹间苍玉年来寂。
云雀抱虚枝，天风何所思。

围炉听海沫，午盏忘怀阔。
人语出山形，岚霏连座明。

---

大雪节气，参与“雪落无声——流风依草 静好冬安”主题诗词文化活动。雅集于紫竹院公园，霁色盈林，然雪意无踪。诸位嘉宾严选诗词，趣谈雪意，博古通今，如眺玉峦。此时无雪胜有雪。

# 浣溪沙·岁末述怀

阅水轻舟过似骢，葭飞不与管弦同，回纹刀尺是游踪。

如许商量新薤绿，也曾浸润冷杉红。万千心事有无中。

---

岁末自省，别无奇功，惟填词120首，用尽草稿本三册。词之过程稿用绿字草拟，成词用红字誊抄，其事质实，其心清空。

# 摸鱼儿·丘园

记丘园、故篱幽映，东隅半盏梅豆。
天文地理空潭举，浩荡平生莲柳。
眉眦透，雨一纸、重泉野雁千翎秀。
虾须净厚。共暗浦渔箫，挈音缓控，弹指惊雷奏。

须臾辨，任尔烟鸿浮首，征心其皦常有。
搴云翠带何方是，墨外飏飕悬肘。
时序走，俨上路、奔泉老骥书沙籀。
毫头置酒。为绛树删琼，轻荷泻露，万景运潮候。

---

精读家母千黛编著《“不似”的浪漫——张茂材画传》有感，致敬写意书画艺术家、教育家，山东画坛耆宿张茂材先生（1894—1963）。茂老曾启蒙外祖父（著名画家王广才先生）之国画学业，可谓我精神血统之曾祖。一诗一画，凛凛犹生，基因密码，志在必悟。

附注：词中隐括张茂材先生语录及故实

1.“绿柳垂崖，高悬青帚拂地理；红莲出水，倒提朱笔点天文。”

2.“画鸭子，不是鸭子多少根羽毛等着你画，是你要把许多根鸭子羽毛都吃进眼里，消化它的质感神韵，然后一笔就画出许多根。”

3.（茂老画鸭，鸭脖子都空着）“有脖子吗？没有。没有吗？有！此即笔不周意周，不似之似也。”

4.“笔外有笔，墨外有墨。”“这张黑纸（正反两面写满大字小字）有血汗在里边，无论大小皆悬肘，气贯。”

5.茂老每日必练楷书和篆隶，且云“书法，进去是写家，出来是画家”。籀即大篆。

# 望海潮·浪漫

江山浪漫，文章疏快，鸿儒是处经行。
援笔应心，藏锋格物，修梁燕语高瓴。
昭代几兰亭。禅悦二三子，流水箴铭。
苦旅长云，旧时阴岭对裁冰。

溶溶绘事多声。许烟霞养志，书画延龄。
深叶荟碑，初篁肖永，纯如大块分形。
乔树茂秋听。露重增梧韵，空际持盈。
异日愚溪取道，跻厉万峰青。

---

参与《“不似”的浪漫——张茂材画传》首发座谈会后立作，隔世遥敬张茂材、李苦禅先生，兼呈刘曦林、李燕先生。

附注：词中隐括四位先生语录及故实

1. 张茂材先生世交李苦禅先生之哲嗣——清华大学美术学院李燕教授即席演讲，在“不似”面前，唯物与唯心不须争辩。

2. 茂老高足、著名美术评论家刘曦林先生，凭借毕生临帖经验概言，苦老寄茂老书帖为“天下第三行书”，《兰亭集序》为第二，《祭侄文稿》为第一。

3. 苦老寄茂老书帖有言：“烟云供养”“书画延年”“作家有画才画志方是大家”。

4. 茂老诗“画竹如写字，须从八法来”，斯人既工汉魏碑帖，亦重永字八法基本功，皆能浑涵入画。

5. 茂老句“七十老翁打前阵，亿万青年做后台”，彼沧海之贤，我愚溪之能，亦向往之。

# 永遇乐·岁末述怀

棋局斯年，了然悲笑，今日清妥。
夙夜耕渔，微茫石鼓，意下逢逢火。
酒谈消雪，诗魂煮海，妆镜不徒熏坐。
看松棂、阴移八面，立成四韵才可。

偏锋学稼，初吟风味，细按瓢泉楚些。
接响云梯，暂明心孔，容与论阳货。
大言深厉，小言浅揭，一任春冰澹沲。
知何日、沿城积素，白鹇认我？

# 鹧鸪天·思故人

历遍双城大小寒，离群忍诵渡江干。
听涛不在孤松顶，载雪何如万桂冠。

珍际会，勉风餐，溪桥海道各余欢。
莫愁冻柳无情直，翠绕回肠句里看。

---

我曾留学生活于墨尔本六年，墨市与北京，双城牵我心。今因全球疫情，与墨市旧友后会不知何期，怅怀系之。

# 贺新郎·飘风

万窍含西日。

想长城、马饥饮水，骨伤充溢。

潜气呼过苔原表，蹴踏烟霏厉疾。

虽磬折、摇筋扪膝。

短景寒姿何由彻，但敲金戛玉乘良质。

仍写鞚，筑云室。

---

2021年1月6日，北京遭遇半世纪最强大风降温，风声凄厉如万窍号呼。我正研读汉魏六朝诗选，曹孟德一篇《苦寒行》、陈孔璋一句“饮马长城窟，水寒伤马骨”顿触情怀，建安风骨，寒彻不移。于是填此词，上阕以骏马之跌宕奔势，侧面喻写风势。又见快递人员照常工作，且主动来电解释送货进程，业精言善，我心存感激；念及各行各业，时难年荒，输送价值，劬劳不易，因而下阕有邮亭通明等语。橐籥，风箱也；管色、杀声，词调之分类指标也；铙歌，内容庞杂之军歌也。

行行橐籥传冬律。

甚当时、割帷管色，杀声词笔。

轣轲邮亭通明夜，检校千家芋栗。

莫吹堕、周身华实。

我恨难禁持冰斧，要风刀解甲铙歌毕。

来助也，建安七。

# 惜芬香·致父亲

惜芬香，紫薇卿月，三年独照他乡。
美人深坐，芳信暗成行。
料得儿童不识，言无忌、汝室吾房。
心旌偃，风旋一骑，决如探汤。

倾江，能润物，手写见闻思理，亲教白板门廊。
至于立身时，荫满南洋。
小竹初生峻节，繁滋处、赖有君匡。
须长似，寒潮际晓，秋筠傍庭未霜。

---

惜芬香，自度曲也，家父名之，意谓爱惜我与家母，后命我为之创制格律。唐宋曲法已佚，我遂另辟蹊径，糅合“满庭芳”“八六子”二调之句法，成此调（随“满庭芳”入中吕调）——惜芬香，则满庭芳；家母为北大86级学生，故我可自称“八六子”。彼二调一经调和，便奇偶相生、抑扬相权，合乎家父本意，寄托亲情感慨，使和悦与深沉并济。

附一：陆正之《惜芬香》

惜芬香，众芳摇落，梅花烂漫幽窗。
我来浇护，一洗世成双。
四望伊人倩影，声声唤、水阔潇湘。
南归路，三千雨雪，拏云奋扬。

春阳，心意暖，嫩蕊展新姿媚，琼枝竞艳姬姜。
学诗兴酣然，紫电青霜。
两宋狂搜碧落，梦窗近、剧弄圭璋。
朝颜喜，莺声韵正，文华汗青未央。

---

楚颜创制中吕新声，此余初试答卷也。

附二：词中本事

1. 我出生后三四年间，父亲长驻港澳，为港澳回归献策献力。其词《天仙子·雁影》有“尚方偏照紫薇君，同酩酊，星河耿，走马御园卿月映”句。

2. 彼时父亲来电，每教我诵读李太白诗“美人卷珠帘，深坐颦蛾眉，但见泪痕湿，不知心恨谁”。

3. 一次我在电话中说：“爸爸，你能不能给我买个蛋糕，送到我们家来，然后再回你们家去？”童言无忌，而视父亲若稀客，以“汝室吾房”之分别心相待，潜意识里已有疏离感。父亲听闻，百感交集，不忍继续缺席我的成长，当即决意放弃在港澳的职业发展，返回北京，朝朝暮暮陪伴我们。

4. 从我上学起，父亲喜将各类诗文、数学题、课外知识手书于白板上，并唤我一起闲坐门廊，品鉴探讨，怡然有家塾之乐。我18岁出国留学后，父亲仍通过微信与我保持此惯例，内容则过渡到修身养性、从道择术等三观层面的交流。

# 鹧鸪天·呈南策英先生

碧草晴柔固在晨，蓬蒿岂度绚黄昏。
桑麻笔力闲持法，骐骥词峰老策勋。

山外事，垄头耘，成蹊棠棣互知闻。
凭高指点斜阳缆，映入心灯古木芬。

---

敬贺浠水乡贤南策英老先生之诗词集《山房存稿》印行，兼致谢南老哲嗣南新中先生馈赠此书。南老稼穑勤苦，耕读精深，长兄如父，舍己奉人；年逾花甲，伏骥千里，成为诗词中人，其作品体裁之广、寄寓之深，令我敬慕不已。遂成此词，以求未见其人，先摹其心。

## 醉花阴·题桃花帖

山寺枕函关不住，袖里芳菲句。
一笔一桃枝，连理牵弓，振起花千树。

方闻涧底燃春暮，乃涉溪归去。
莫怨季风迟，深浅调匀，尽在迟花路。

---

敬酬乡贤巩勇博士馈赠李建先生书法墨宝，上书白乐天《大林寺桃花》全诗，其每一笔画，皆似桃树一枝，传神婉妙。

# 青玉案·新春萍聚

寒山古寺梅方好。拾蜡穗、轻黄小。
雪气苍茫春意悄。
应钟花隐，信风枝慢，令序心知道。

茶缘听史多怀抱，苦口回甘静三秒。
寄语归时清未了。
水真无味，月高无影，淡淡杯光照。

---

辛丑新春，与父母之北大历史系同窗萍聚卧佛山庄，蜡梅掩映，苦茗回甘，信史泠泠，清空若拭。

# 南歌子·喜颜

绿蜡开眉莹，红蕖脱手繁。
主人心上展春幡，又放高霞生处满江船。

竹尾笙箫漾，车头佩玉连。
与君倾耳两潺湲，别后方知细水载诗还。

---

辛丑大年初五，首次拜访乡贤胡焱红女士一家，齐做五彩水饺，上阕因喻其事。焱红阿姨温婉和乐，人品端雅；其夫月胜博士学艺双全，热情笃定；其女喜莹妹妹清新可爱，相谈舒心，下阕因寄细水长流之愿。

# 八声甘州·致家族兄姐

二十年络绎走沧浪，辞叶变归航。
正潮平岸阔，石坚丹赤，大地文章。
楚脉襟江北去，不用比参商。
树木欣欣见，展眼高堂。

童稚余心好客，道君家即是，此处关厢。
念青春相送，细路胜周行。
竞追程、图南而立，语从容、心事转寻常。
怀标格，直蓬能鉴，入竹清光。

---

辛丑新春在京，与家族兄姐一一小聚，交谈深切，难得此际。回首二十年前，二哥自湖北老家考入北京理工大学，而后大哥与表姐相继来京学习工作、定居成家。兄姐三家，与我们一家三口出入相友、守望相助，尤其对我的成长不断给予帮扶。留学多年来，我不曾得闲与家族兄姐共度春节，今年重续此风，喜见侄甥们成长为小小少年，而我与兄姐的交流，不期然而然达到了新高度。十年树木，廿年成林，岁月悠悠，怀感万千，遂作此词陈情。

# 破阵子·纪念戍边英烈

凛凛一呼击石，腾腾千载当关。
铁界何曾刀下退，玉质由来碎后全。
榕根接塞垣。

断雁长空契阔，冰河骏骨荒寒。
咏史怀惭诗赋易，破阵逢迎鞭血难。
英风荡急滩。

## 鹊桥仙·过陶然亭公园石评梅墓

笙簧引水，冰澌见鲤，烟景浩然随喜。
清阴密处礼评梅，似路过、林间万事。

今朝女史，明珰剑器，解道春秋大义。
千夫漫与说红妆，我自拥、红书翠纪。